ROBERT 1981.

LES

PRIMEVÈRES.

PARIS,

A. PLANCHE, LIBRAIRE,

RUE DE SEINE, N° 24.

1834.

LES

PRIMEVÈRES.

IMPRIMERIE DE H. FOURNIER,
RUE DE SEINE, N° 14.

LES
PRIMEVÈRES,

POESIES

PAR

ÉDOUARD L'HÔTE.

— Il y a l'infini entre ce que je suis.
et ce que je voudrais être....

OBERMANN.

PARIS,

A. PLANCHE, LIBRAIRE,

RUE DE SEINE S.-G., N. 24.

1834.

A ce cri : *Les dieux s'en vont!* qui re-
tentissait dans la Rome païenne, nous
répondons : *La poésie s'en va! —* Blas-
phême ou erreur. —

— Les uns disent : « La poésie, comme
la religion, est une immortelle, une vierge
sainte qui, pendant les hideuses querelles
des hommes, se cache éplorée dans son
beau paradis, mais revient à eux, dès que
leur colère s'est apaisée et que le sang
a été essuyé sur le sol, pour consoler leur
vie et guérir leurs blessures. »

1

Les autres : « La poésie est ce qu'il y a d'intime dans le mouvement de l'humanité à travers les siècles ; elle en est l'expression parfaite, ou plutôt, elle est elle-même cette ame qui, dans l'enfance des peuples, se mêle à leur existence aventureuse, plus tard, revêt une armure, court avec ardeur sur les champs de bataille, et s'empreint des mœurs, de l'esprit, des usages de chaque époque pour apparaître dans l'histoire, sensible et pittoresque, aux regards des générations lointaines. » Telle est pour nous encore aujourd'hui la poésie des temps primitifs, celle de l'antiquité et du moyen-âge ; révélation sublime du grand drame social, épopée en action, poésie vivante ! A mesure que le niveau des

civilisations roule sur le monde, elle s'af-
faiblit, elle s'efface, et l'on pourrait dire
peut-être avec quelque raison maintenant :
Cette poésie s'en va !

Mais sa sœur, sa sœur au doux langage
et au bienveillant sourire, celle-là nous
reste. Seulement, avec le temps son carac-
tère a tellement changé, son allure est de-
venue si libre, ses caprices si bizarres,
que beaucoup encore la réprouvent ou ne
la comprennent pas. C'est qu'aussi cette
poésie s'est élevée plus haut de nos jours;
abandonnant la matière pour se nourrir
de la pensée, elle a subi une transforma-
tion et s'est en quelque sorte spiritualisée;
revêtant une tunique aux vives couleurs,
elle s'est faite ange, pour courir dans le

ciel , ou papillon pour effleurer légèrement la terre et secouer sur chaque fleur
la poussière d'or de ses ailes.

Je ne suis pas de ceux qui prétendent
rattacher exclusivement une grande révolution opérée dans le domaine des arts à
une parcelle de révolution politique. Une
imagination de poète ne s'organise pas , à
mon avis, avec les mêmes élémens qu'une
émeute; et je connais au pavé de Paris
une propriété beaucoup plus infaillible
pour briser les têtes des jeunes gens que
pour y développer le germe d'une végéta-
tion littéraire : laissons-donc les prôneurs
de constitutions poétiques faire écono-
mie d'idées, en se bornant à n'en avoir
qu'une, comme certaines gens d'ailleurs

fort respectables qui veulent la liberté partout, excepté dans les arts.

La tendance littéraire actuelle tient à
une cause progressive que l'on a tort de
nier si on ne la comprend pas ; je la crois
supérieure à la cause politique, car elle lui
est antécédente, car elle émane d'un or-
dre de choses qui de tout temps a dominé
les intérêts de la matière dont elle est distincte dans son essence, comme l'ame est
distincte du corps. Elles sont unies par les
mêmes affinités, elles sont séparées par les
mêmes dissemblances.

Il faut à la poésie une croyance, n'importe laquelle. Elle a foi en Jehova ou en
Méphistophélès ; elle s'incarne à la nature
par une sorte de transmutation mytholo-

gique, comme les païens incorporaient leurs déesses à la tige d'une fleur, au tronc d'un arbre. Au moyen-âge, elle s'enlaçait aux ogives et aux colonnettes de l'église gothique. Aujourd'hui que le peu qui nous restait de foi s'est envolé avec la poussière de nos vieux édifices, le peu qui nous reste de poètes croit au passé ou à l'avenir.

Du passé, Châteaubriand et Lamartine sont demeurés debout, comme deux obélisques égyptiens devant les pylônes d'un temple dont les débris sont à terre. Nous les avons écoutés religieusement, avec ce sentiment mélancolique qui accompagne les dernières paroles d'un ami prêt à partir, ou comme lorsque nous nous éloignons de la vieille demeure de nos pères

semblables à l'enfant vagabond, qui, en-
traîné par son instinct, en quitte pour toujours le seuil; du plus loin qu'il peut l'aper-
cevoir, *il s'assied une fois encore sur
le penchant de la dernière colline, où il
cueille une fleur qu'il emporte avec lui..!*

Si le passé a eu ses hommes, ses génies,
pourquoi l'avenir n'aurait-il pas les siens?
Hugo paraît avec son intrépide vocation
de poète. L'édifice qui doit surgir ne dé-
passe pas encore la surface du sol, mais
on a la confiance qu'il surgira; hier on ne
croyait plus, aujourd'hui l'on croit déjà.
Dans le moment où j'écris, peut-être les
fondations s'asseoient-elles fortement dans
les entrailles de la terre; il y a des heures
où il semble que le sol travaille et se meut

sous les pieds ! — Chose remarquable, et qui accuse indubitablement cette époque de transition , Châteaubriand et Lamartine, ces admirables poètes dont le génie sublime a fait vibrer dans notre ame les cordes les plus élevées de la pensée et de l'harmonie , appartiennent au passé par le fond des idées, au présent par la forme; alchimistes magiques, ils ont fondu le vieil or de nos pères dans un creuset moderne !

Dans le mouvement poétique de notre époque , il y a donc deux élémens qui s'élaborent séparément, pour se confondre dans l'avenir et former par leur union le type complet de l'art nouveau. On conçoit que moi , qui n'ai nullement la prétention d'aider à un si grand travail , je

n'aie pas tenté d'en courir les risques; j'ai
fait deux parts, et posant à terre la plus
lourde, je me suis envolé par les champs
avec l'autre : ramasse l'une qui voudra, je
me contente de la seconde; cette forme
idéale et vaporeuse de la poésie moderne
suffit à mes caprices.

Il faut convenir qu'elle se prête merveil-
leusement à décrire les songes que l'on
fait à vingt ans. A vingt ans, il n'y a que
le corps qui habite sur la terre, l'esprit
est ailleurs; on pose si légèrement sur les
flots de la vie, que c'est à peine si on en
ride la surface. Il y a pour cet âge une
poésie toute prête de féerie et d'enchante-
mens; l'imagination qui a horreur de la
réalité se plonge avec délices dans l'idéa-

lisme; toutes les idées sont gracieuses,
toutes les femmes jolies; le cadre de
l'existence est si élégant qu'on pense de
bonne foi que la toile en est riche, et tout
paraît si beau qu'on croit volontiers que
tout est bien. Est-ce un mal? Eh! mon
Dieu, tant qu'on les conserve, les illusions
font le bonheur; elles ne sont amères que
lorsqu'elles ont cessé d'exister, parce qu'a-
lors sans doute, on regrette de ne plus en
avoir; plus on vieillit, plus elles devien-
nent rares; ce sont vraiment les *Primevères* de la vie, les premières fleurs du
printemps d'un jeune homme.

Voilà ce que c'est que ma poésie. J'ai
voulu chanter en même temps que sentir
et jouir : l'une de ces préoccupations

a-t-elle nui à l'autre ? ma poésie n'est donc pas d'analyse, elle est toute de sensation. Il y a de la joie et des larmes, beaucoup trop peut-être de ces puériles amours de *l'éphémère et du liseron*, dont un spirituel critique nous parlait l'autre jour si gracieusement ; mais selon que j'étais affecté, je modulais mes impressions, même les plus légères. Ce n'est qu'à trente ans qu'on creuse ses jouissances et qu'on les étouffe en voulant en pénétrer le mystère. — Pour moi, je n'en suis pas encore là. Je plains ceux à qui les choses naïves ne suffisent pas, et qui ont besoin du théâtre pour retrouver quelques émotions ; qui se persuadent que ces sensations dont ils se procurent la poignante énergie à grand renfort d'assassinats et d'exagérations ne sont point factices, et s'imaginent que, parce que la nature est admirable, même lorsqu'elle est horrible, elle doit toujours être horrible pour être admirable.

Chaque objet a sa poésie; seulement il importe de saisir les rapports qui la constituent et de la rendre tangible aux autres par l'expression. Il y a des organisations qui possèdent au plus haut degré cette délicate faculté; mais il est à peu près sûr qu'en communiquant ses impressions d'une manière simple et expansive, on trouvera tout d'abord un écho au fond des cœurs.

C'est à cette poésie qui s'éveille en nous de bonne heure, qu'il faut rapporter les

joies que nous recueillons des souvenirs
de notre enfance; à cet âge où l'on pousse
comme une plante, on récolte déjà pour l'a-
venir. Quand l'homme se met à reprendre
une à une les pensées de son jeune âge, il est
surpris de leur nombre, il s'étonne d'avoir
tant vécu dans un temps où il s'occupait si
peu de vivre; c'est une fleur, une promenade au bois, un premier ami; ce sont les
jeux de la prairie et les premières amours
avec une jeune fille; c'est cette profusion
de riens, de petits épisodes, de gracieux
souvenirs, qui se pressent en chantant dans
notre ame, et y forment comme un chœur
aérien dont les voix nous viennent par les
sentiers fleuris du passé !.. Oui, la poésie
véritable est dans le souvenir. Si jeune

que l'on soit, il n'est pas un buisson sur la route où, comme l'agneau, on n'ait déjà laissé quelques *débris de sa toison.* — Celui donc qui se souvient aisément et sous leur aspect poétique de toutes les heures de son enfance, celui surtout qui aime la nature et qui se plaît seul avec elle, possède un précieux trésor ; n'est-ce pas le sentiment de ses beautés mélancoliques qui inspirait Millevoye ?

> Tombe, tombe, feuille éphémère,
> Et voilant ce triste chemin,
> Cache au désespoir de ma mère
> La place où je serai demain !

En lisant ces vers, à la fois si simples et si touchans, ou oublie l'homme pour pleurer le poète.

Depuis Millevoye, un jeune homme qui n'a fait comme lui que passer dans ce monde, a su rendre admirablement, selon moi, cette poésie descriptive des mille accidens de la nature; j'ai lu Dovalle en pleine campagne, par un beau soir d'été, et les scènes qu'il peint si fidèlement dans ses vers se réalisaient sous mes yeux; je lisais alternativement dans le livre du poète et dans celui de la nature sans changer de sujet :

> De l'eau qui tombe goutte à goutte,
> Chrysa, je n'entends plus le bruit;
> Le ciel est clair, l'ouragan fuit,
> L'oiseau joue au bord de la route.
>
> . . . .
> . . . .
> Sous les verts buissons d'aubépine,
> Chrysa, veux-tu venir tous deux

Les papillons du crépuscule
De nouveau brillent étalés ;
Sous le vent la prairie ondule ,
La caille chante dans les blés !

Pour celui qui sait voir les choses sous cet aspect, la vie est complète. Il se crée une sphère de jouissances intimes et calmes où il se retire parfois à l'abri des triviales réalités de ce monde. Il relève la dignité de son existence dans ses plus petits détails, sans jamais abdiquer sa puissance d'intellectualité , le plus bel attribut de l'homme ; et de la contemplation des scènes de la nature senties de cette manière, il remonte aisément vers son auteur. Ainsi , tandis que son imagination se complaît dans un gracieux spectacle, sa raison s'y fortifie, et il atteint en se jouant un but noble et utile : l'œuvre la plus légère et la plus insouciante a son côté sérieux.

Je dis ceci en thèse générale et sans prétendre à une *poétique* qui ait aux yeux des autres plus de valeur que ces vers, jetés au hasard, n'en ont aux miens. Je suis jeune; ceux qui me liront jugeront s'ils doivent m'encourager. Mais quel que soit l'accueil fait à ces poésies, j'ai la conviction de n'avoir pas tout-à-fait perdu mon temps. Chaque âge a ses besoins, son goût, ses penchans. Ce qui est du domaine idéal pour les uns, est quelquefois au fond une réalité pour d'autres plus jeunes. — Un esprit positif, à la sage critique duquel je confiais mes vers, me disait : « Il y a trop de vague là-dedans. »

2.

sans doute cela est vrai; mais les femmes
et les jeunes gens apprécieront peut-être
ce vague et cette mélancolie mieux que
ne saurait les comprendre un esprit positif?

LES

PRIMEVÈRES.

O douces primevères,
Qui naissez les premières
Aux brises printanières
Dans les jeunes buissons !
En prison sous la neige
Sa rigueur vous protège,
Prémices des saisons !

Courte est votre journée,
C'est votre destinée ;
Au matin de l'année
Vous brillez un moment :
Dès sa seconde aurore,
Votre éclat s'évapore
Comme un songe d'amant !

Mais du moins, tant qu'il dure,
Dans toute la nature,
Pas une créature
A ce règne d'un jour
Ne refuse en hommage
Un regard, un suffrage,
Un innocent amour.

Votre sourire accueille

Toute main qui vous cueille,

Et quand elle s'effeuille

Au pied des églantiers,

Votre fleur virginale

Des parfums qu'elle exhale

Embaume les sentiers.

Au fond de nos vallées

Êtes-vous isolées?

Les enfans par volées

Vous trouvent dans leurs jeux :

Vos odorans calices

Pleins de pures délices,

Sont des trésors pour eux !

Fleurissez sur vos trônes,

Mes pudiques patrones !

Tressez-vous en couronnes
Sur des fronts de quinze ans;
Pour la fête première,
Parez la boutonnière
Des joyeux paysans!

O reines éphémères!
Timides primevères,
Aux jeunes ames chères,
Je ne suis point jaloux...
Pour la fillette folle,
Pour l'insecte qui vole,
Ouvrez-vous! ouvrez-vous!

Et vous, mes poésies
Parmi ces fleurs choisies,
Vers que mes fantaisies

Ont souvent compromis!

Ouvrez aussi vos ailes,

Et puissiez-vous comme elles

Trouver beaucoup d'amis!

1833.

VENISE.

— Oh! que Venise est belle après une victoire!

C. DELAVIGNE, *Marino Faliero*.

— Sa gloire n'est plus ; mais la beauté de Venise
existe encore.

(BYRON.)

Venise.

———

O Venise! les cieux qui forment ta couronne
    Sont toujours éclatans!
Ton front rougit toujours au soleil de printemps
    Comme un fruit au soleil d'automne...
Noble fille des eaux! qu'importe à ta beauté
Des doges tes enfans la pourpre abandonnée!
Ne songe qu'aux plaisirs, sultane fortunée!
    Endors-toi dans la volupté.

3.

Le voyageur poussé par les vents d'Italie,
    Qui te voit nager sur les flots
Dans ta robe d'azur au loin ensevelie,
    Te dit : salut, sœur de Délos !
Du milieu de la mer tu sors toujours si belle !
    L'air se parfume autour de toi ;
Tu sembles sur la coupe une rose nouvelle,
    Dans le bain l'épouse d'un roi !

Le soir vient ; mollement bercé dans sa gondole,
    Chante un ménestrel amoureux ;
Tout s'allume aux clartés des phares, et le môle
    Et le golfe lancent des feux !
Oh ! dans tes murs alors que de plaisirs, d'ivresse !
Que de seins bondissans ! que de vagues soupirs !
Quand l'astre aimé des nuits de ses rayons caresse
    Tes dômes, séjour des zéphirs...

Tu fus grande autrefois, et belliqueuse et fière,

    Fière des faveurs de vingt rois !

Mais depuis... l'abandon, la rouille, la poussière

Ont rongé ton épée, ont effacé tes lois !

Tu ne recherches plus ni conquêtes, ni gloire,

Tu passes dans les jeux et tes nuits et tes jours ;

L'emporter en folie est ta seule victoire,

    Et tes héros sont les amours !

1830.

PROMENADE D'ÉTÉ.

La mélancolie est une Muse.

(CHARLES NODIER.)

Promenade d'été.

———

Non loin des portes de la ville,
L'autre jour, d'humeur inconstant,
Je suivais un sentier tranquille,
Le sentier vert que j'aime tant.

Dans les rameaux tremblans des aunes
Le vent d'est murmurait tout bas,
Et détachait leurs feuilles jaunes,
En les secouant sur mes pas...

Mes regards tombaient avec elles,
Parmi leurs légers tourbillons
Qui semblaient avoir mis des ailes
Pour voltiger dans les sillons.

J'avais fui la mélancolie :
— « Muse, avais-je dit, à demain...
Un jour, un seul jour je t'oublie ! »
— Mais la pauvre fille, en chemin,

Comme une amante délaissée
Qui nous poursuit d'un pied jaloux,
A mes côtés s'était glissée :
— « Blond jeune homme, à quoi songez-vous ? »

— « Eh bien ! par-dessus toutes choses
Je songeais à toi, mon amour !

Je songeais que déjà les roses
S'en vont; que l'été n'a qu'un jour,

Et qu'à peine je l'ai vu naître !
Que bientôt l'automne viendra
Le matin blanchir ma fenêtre ;
Qu'un peu plus tard il neigera.

Pourtant j'aime l'été qui brille,
Son beau soleil si matinal,
L'étoile du soir qui scintille
A l'horizon, comme un fanal !

L'été ! l'été ! la promenade
Aux champs parmi les épis mûrs,
L'oiseau qui dit sa sérénade,
Les phalènes sur les vieux murs!

J'aime, quand il a plu la veille,
Respirer l'ambre des buissons,
Et prêter, en passant, l'oreille
Au bruit des lointaines chansons.

J'aime le filet d'eau qui coule
Paisible, sur un gazon vert,
Petit ruisseau qui s'enfle et roule
Comme un fleuve pendant l'hiver !

Et puis, en rentrant au village
Les moutons qui bèlent le soir,
Et les cavales à la nage
Dans l'eau tiède de l'abreuvoir.

J'aime ce ciel, cette campagne,

Cet air si pur autour de moi ;

J'aime tout cela, ma compagne !

Quand je me promène avec toi. » —

AOUT.

RÊVES.

L'air ne cessa pas d'être doux et chaud,
le ciel d'être pur, la mer d'être bleuâtre,
et le soleil d'étinceler ; les brises du soir
n'en arrivèrent pas moins toutes chargées
de fraîcheur et de parfums, et cependant
une grande solitude se fit dans la ville naguère si riante, si animée. —

(BARCHOU DE PENHOEN.)

Le choléra. — Fragment philosophique.

4.

Rêves.

———

Le fléau que l'Asie a vomi de ses flancs,
Comme un monstre assouvi s'éloignant à pas lents,
    Ne menace plus nos demeures;
Mais le deuil des vivans s'annonce tristement :
—Entendez de l'airain le sourd gémissement
    Interrompre la voix des heures !—

Pour nous la vie à peine est encore un bienfait ;

Les maux qu'elle contient, chacun de nous les sait ;

Nos cœurs savent leurs sacrifices !

Dans ces chocs douloureux sur nos jours suspendus,

Que d'êtres bien-aimés n'avons-nous pas perdus

Martyrs des plus cruels supplices !

Hélas ! celui de nous qui survit aujourd'hui,

S'il remonte au passé, ne voit autour de lui

Que foyers déserts, places vides ;

Que rameaux arrachés à des troncs expirans,

Jeunes hommes tombés parmi les premiers rangs

Quand leurs jours étaient si limpides !

Et le soir, en touchant un seuil inhabité,

Si la rue est sonore et le ciel sans clarté,

Si nul bruit n'émeut plus l'oreille ;

Dans ses yeux attendris qui n'a senti rouler

Une larme brûlante et rapide à couler,
    Qu'un souvenir plus cher éveille ?..

C'était tous des amis, des frères, des amans !
Êtres que révéraient nos plus purs sentimens
    Et dont la main pressait la nôtre ;
Ils quittèrent ce monde... aucun n'a pu venir
Depuis, pour nous apprendre au moins si l'avenir
    Devait nous les rendre dans l'autre !

Combien ce doute hélas ! laisse un regret amer !
Mais, plus nous sommes seuls, plus nous voulons aimer.
Comme ces serviteurs du divin Evangile,
Qui, portant dans le cloître une foi trop fragile
Reprenaient leur chemin par la foule et le bruit,
Nous marchons... et le monde encore nous séduit ;
Et nous lui demandons une idole nouvelle,
Car notre cœur aussi dans son désert chancelle !

Et l'instinct de la vie un moment comprimé,

Comme un cratère en nous soudain s'est rallumé!

Amour, pur élément où se retrempe l'ame!

Qu'un seul de tes rayons des beaux yeux d'une femm

En tombant au hasard éclaire notre cœur,

Nous retrouvons bientôt force, espoir de bonheur,

L'oubli des souvenirs et des pleurs de ce monde!

Mais plus le trait est sûr, plus la plaie est profonde...

Avant de s'élever en liberté vers toi,

L'ame craintive encor se recueille en sa foi.

Oui, je sens au fond de mon être

Comme une lave ruisseler

Le désir, ardent à connaître,

Un mystère se révéler!

Mais mon ame hésite et redoute

Les rocs anguleux de la route;

Comme un voyageur délicat
Auprès des bords elle s'arrête,
Ou, semblable au lutteur, apprête
Toutes ses forces au combat !

Oh! trouverai-je sur la terre
Ce que peu d'hommes ont trouvé;
Cet ange inconnu, solitaire,
Que mon cœur a souvent rêvé;
Dont l'existence, avant de naître,
Tenait à la mienne peut-être
Par des liens mystérieux;
Qui, dans la foule où nul ne l'aime,
Me cherche sans doute lui-même
Sur quelque souvenir des cieux?

Trouverai-je dans la nature
Parmi les filles des mortels,

Cette céleste créature
Faite pour l'encens des autels?
A sa sœur qui sourit et passe
En vain je demande une trace
De ces vertus que je chéris;
Sa sœur est légère, elle est folle,
Et ne répond à ma parole
Qu'avec indulgence ou mépris!

C'est elle qu'élève le monde
Des frivoles adorateurs,
Et qui, reine superbe, fonde
Son empire sur ses flatteurs!
Beauté vaine, au cœur diaphane,
Qu'un soleil trop ardent profane!
Fleur sans parfum qui dure un jour!
Il n'est pas besoin pour lui plaire
De sentiment ni de mystère;

C'est trop du plus vulgaire amour !

Mais celle que je veux, mais celle que j'adore,

Celle que je connais et que pourtant j'ignore ;

Dont l'image occupant ma pensée en tous lieux,

Indifférente à tous n'est belle qu'à mes yeux ;

Qui répand sur mes nuits les parfums de son ame,

Me berce avec des chants et m'inonde de flamme,

Qui m'enivre d'extase et de chastes amours !

Fantôme, illusion ou folie, ange ou femme,

    Que je poursuis toujours !

    Combien elle diffère

    De ces froides beautés

    Que l'or peut satisfaire ;

    Ou dont l'orgueil préfère

    D'illustres vanités !

C'est une simple fille

Aux yeux plus caressans,

Où le sourire brille,

Sans amis ni famille,

Orpheline à seize ans !

Orpheline ! je l'aime

Peut-être mieux encor,

Car, me dis-je à moi-même :

— Moins d'amitiés l'on sème,

Plus rare est le trésor !

De sa première enfance

Elle a gardé le don ;

La naïve innocence,

Pour le mal ou l'offense

Toujours prête au pardon.

Sensible à la prière
Du pauvre dont la faim
A tari la paupière,
Elle offre à sa misère
Ses larmes et son pain.

Au sein de la nature
(Qui nous rendrait meilleurs!)
Elle puise plus pure,
Et verse sans mesure
Sur de vives douleurs

Cette onde que l'on nomme
Pieuse charité,
Au bienfaisant arome,
Aussi propice à l'homme
Qu'une pluie à l'été.

Nourris loin de la ville
Ses goûts ont peu d'apprêt ;
Où la vie est tranquille,
Le bonheur est facile
Pour le cœur plus discret.

Que faut-il à sa joie ?
—Si vous saviez !—Mon Dieu !
Un rien, un fil de soie
Sur le métier qui ploie ;
Pour elle c'est un jeu

Qu'une course lointaine,
Un oiseau fils des bois,
Un bleuet de la plaine,
Ou l'eau de la fontaine
Pour y baigner ses doigts !

Lorsque le ciel se voile
Des longs crêpes du soir,
Que l'esquif tend sa voile
Sur la foi d'une étoile
Vers les bords qu'il veut voir ;

Quand Philomèle chante
Et cesse tour à tour
Sa cantate touchante ,
Quand la chouette méchante
Siffle en haut de sa tour,

Ou qu'une autre harmonie
S'élevant des guérets,
De sa monotonie
Porte la symphonie
Aux roseaux des marais ;

5.

Souvent, sur cette pierre

Je crois la voir venir

Soumise à ma prière,

Et levant sa paupière,

Me parler d'avenir...

C'est alors que sa voix retentit dans mon ame,;

Mais quand je veux saisir le bonheur que réclam

Un si sublime amour;

Ses baisers effleurant ma bouche émerveillée,

Pareils à des ramiers surpris sous la feuillée,

S'envolent deux à deux vers leur divin séjour !..

1832.

SONS DE HARPE.

Là, des harpes de l'Inde entends-tu l'harmonie?

JULES DE SAINT-FÉLIX.

Sons de Harpe.

Elise ! il est nuit... tout repose ;
Notre jeune enfant au berceau
Ouvre en dormant sa bouche rose,
C'est une fleur sur l'arbrisseau !

La faible chanson de sa mère
Appelait pour lui le sommeil
Que n'agite aucune chimère,
Que n'interrompt pas le réveil.

Jusqu'à ce que l'aurore luise
Tu peux l'abandonner ainsi :
Il n'entend plus tes chants, Elise !
Ses soupirs se taisent aussi...

Mais pour moi redis-les encore :
Pour moi répète ces accens
Mêlés à ta harpe sonore,
Dont l'ame électrise nos sens !

Redis-moi ces notes chéries,
Fugitives comme les voix
Qui passent dans nos rêveries,
Quand on se souvient d'autrefois...

Et dans peu d'instans, ma paupière
S'abaissant sous un voile d'or,

Ne verra que cieux et lumière
Et que mondes dans un accord !

Et de ces vagues harmonies
Quand j'aurai traversé le chœur ;
Dans des voluptés infinies
Je m'éveillerai sur ton cœur !

JUIN.

LA CHANSON

D'UNE ODALISQUE.

La Chanson d'une Odalisque.

———

Palmiers, qui bordez ces rivages,
Sous la fraîcheur de vos ombrages
Si l'Étranger venait s'asseoir :
Entre vos rameaux que la brise
O mes beaux palmiers! lui redise
Mon amour et mes chants du soir.

Je donnerais toute la terre
Pour lui..! mon écharpe légère,

Mes cachemires brodés d'or...
La plus jalouse des maîtresses,
Je lui donnerais cent négresses !
Je lui donnerais plus encor...

Au harem après ma disgrace,
Aux pieds d'un satrape, à ma place,
Qu'une autre soit reine à son tour !
Moi je veux au pays de France,
Sous les zéphirs de sa Provence,
A ses côtés voguer un jour !..

Hier quand j'ai traversé la ville,
Au milieu des spahis, tranquille,
Près de moi je l'ai vu passer ;
J'ai vu sa blonde chevelure
Qui flottait ondoyante et pure,
J'ai vu sur moi ses yeux glisser !

On dirait que le ciel lui verse
Comme le printemps sur la Perse,
Tous les trésors de la beauté ;
Hélas ! que n'ai-je une gondole
Pour suivre son vaisseau qui vole !
Que n'ai-je, hélas ! la liberté !

Gai passereau du sycomore,
Si tu vois l'Étranger encore
Errer dans nos brûlans pays :
Vole en chantant sur ma fenêtre
J'irai, je le verrai peut-être..?
Je te donnerai du maïs !

Toi, blanche colombe amoureuse
Toujours libre et toujours heureuse,
Colombe des hauts minarets !

6.

Si tu le vois quitter la rive,

Porte-lui rapide et plaintive,

Mon chant d'amour et mes regrets !

1831.

LA FAUCHEUSE.

Oh! tenez-lui un tombeau tout prêt dans
la prairie la plus couverte de fleurs, car il
n'y eut jamais de fille aimante comme celle-
là. —

Uhland.

La Faucheuse.

IMITATION DES POÉSIES ALLEMANDES.

———

— « Bonjour, Marie : ardente fille,
Tu prends bien matin ta faucille !
Quel rêve troublait ton sommeil ?
Quoi! te voici déjà, ma servante gentille,
    Prête avant le soleil !

Des faneuses de ce village
Si, la plus habile à l'ouvrage,

Tu fauches mes prés en trois jours ;
D'honneur ! j'accorderai pour prix de ce courage
Mon fils à tes amours ! » —

Ainsi le vieux Syrven, dont les vastes domaines
S'étendent par delà les monts, au sein des plaines.

A ce propos flatteur,
L'innocente fillette
Contre sa chemisette
Sent palpiter son cœur ;
Sa faux sur la prairie
Couche l'herbe fleurie,
Que sèche la chaleur.

La campagne est brûlante.
Les faucheurs boivent l'eau
Qui coule du ruisseau,

Ou trop tiède ou trop lente ;
L'abeille sous le ciel
En butinant son miel
Bourdonne sur la plante ;

Marie a pris l'essor,
Et fauchant sans mesure
Tant que le soleil dure,
Poursuit ses songes d'or..!
Des troupeaux qui mugissent
Les cloches retentissent ;
Elle travaille encor.

Déjà la lune brille
Plus pleine à l'horizon ;
Sur l'humide gazon
Le ver-luisant fourmille ,
Et l'on voit à pas lents

Des pâtres indolens
Revenir la famille;

L'herbe parfume l'air,
Et la faucheuse chante,
Et sa faux plus tranchante
Jette un rapide éclair...
En vain la bande passe
Disant : « N'es-tu pas lasse ? »
« C'est assez travailler !.— »

Mais elle va plus vite,
N'écoute pas leur bruit,
Ni la voix de la nuit,
Ni le vent qui palpite ;
Sans sommeil jusqu'au jour,
Se nourrissant d'amour,
Un seul penser l'agite.

Ainsi matin et soir,

Trois jours elle se presse,

Fidèle à sa promesse,

Crédule en son espoir;

Et vous voyez Marie,

Au bout de la prairie

Bien joyeuse s'asseoir.

— « Bonjour, ma diligente,

Dit Syrven en passant

Et d'un ton caressant,

Tu n'es pas négligente;

Mais, en prix du pari,

Mon fils pour ton mari!

Je riais... ma servante!

Tiens : voici de l'argent

Pour aider ta famille;

Prends, et sois bonne fille
Pour ton père indigent :
Oh! l'amoureuse folle,
Qui m'a cru sur parole,
Dans son cœur indulgent! »

A ces mots la pauvrette
Comprenant son malheur,
Tomba comme une fleur
Languissante et muette ;
Puis, mourut de douleur...

Mais on dit que la trépassée,
Dont l'amant était jeune et beau,
Sous sa couronne de fiancée
N'a pas été laissée
Seule dans le tombeau.

LES PRISONNIERS

« Vous m'avez paru choqué de ce qu'ici quelques
« jeunes gens s'étaient pris d'enthousiasme pour
« Robespierre. N'avez-vous pas eu en Allemagne
« des étudians qui couraient les grandes routes pour
« imiter les brigands de Schiller ? — Les plus sin-
« gulières erreurs peuvent se loger un instant dans
« des têtes vives et jeunes, mais elles en sortent
« promptement. »

L'HERMINIER. *Lettres philosophiques.*

Mais souvent un jeune homme aspirant à la gloire
De venir, voir et vaincre, et prôner sa victoire,
Vole. . . . .

ANDRÉ CHÉNIER.

Les Prisonniers.

Ils ont dit : — Reprenons le sévère uniforme
    Des grands citoyens d'autrefois;
Le chapeau de Saint-Just plus hardi dans sa forme,
    L'habit à la Collot d'Herbois!

Laissons flotter au vent, dans son cynisme altière,
    La barbe unie aux longs cheveux...
Pour égaler un jour Saint-Just ou Robespierre,
    Soyons d'abord vêtus comme eux!

Puis, enflant de leurs voix les accens énergiques,
  Sur ces visages amaigris
On lut l'austérité des lois démagogiques,
  Leurs arrêts par nos temps proscrits !

« Liberté ! » tout à coup un étendard se lève
  Trempé dans la couleur du sang ;
Le peuple à ce signal, comme un flot sur la grève,
  Roule et gronde, et dit en passant :

« Liberté ! » Dans leurs mains s'agite un cimeterre :
  « Vivre libres, sinon mourir ! »
— Sur ces rouges sillons, innocent prolétaire,
  Sème le grain pour te nourrir ! —

« Liberté ! » C'est un feu qui dévore le trône,
  Phénix renaissant tour-à-tour !

ier encor nous forgions le sceptre et la couronne
>Du roi qu'appelait notre amour !

ier brûlaient à ses pieds comme des parfums d'ambre,
>Doux espoir d'un règne immortel ;

ais quand la foi s'éteint dans le cœur du Sicambre,
>De ses mains il brise l'autel !

'autel a résisté. — Raffermi sur sa base,
e Dieu dans son triomphe a dit : Qu'on les écrase,
>Ces fiers suppôts de Lucifer !

t la bastille ouvrit à deux battans ses portes,
t comme au jour vengeur, les maudits par cohortes
>Tombèrent en enfer !

attachons pas la haine au nom de ces victimes,
aignons-les ; leurs erreurs seules ont fait leurs crimes.

Et pour les expier, hélas ! pauvres enfans,

Combien ils vont souffrir!—Vaincus ou triomph

Le fer était injuste armé pour leurs querelles :

Mais vainqueurs ils sont dieux! vaincus ils sont re

Sans doute ces deux points extrêmes que le sor

Se plut à rapprocher (comme il plaça la mort

A côté de la vie, étourdissant próblème !)

Pèsent dans la pensée autrement qu'un *systèm*

Et le fort qui s'est vu près d'être faible aussi,

S'il y songeait, peut-être en aurait du souci..

A vingt ans, quand sa tête est en feu, le jeune hom

Accepte avec transport les mots tels qu'on lui nom

Il ne sait pas d'entrave ou de restrictions

Capables d'arrêter l'élan des nations ;

La prudence à ses yeux devient hypocrisie,

Car pour lui la franchise est une poésie ;

C'est sa religion, l'ange de vérité

Qu'il révère en sa force, aime en sa nudité,

Et pour qui plein de joie il affronte un supplice

Comme l'enfant s'empresse au doux miel d'un calice !

Il faut lui pardonner : — la vie est courte, hélas !

Et les jours qu'on lui prend on ne les lui rend pas...

Ah ! donnons une larme à cette destinée !

Quoi ! dix ans sa jeunesse aux cachots condamnée..?

C'est affreux ! c'est l'abîme éternel du cercueil

Qui s'entr'ouvre et répand, comme en signe de deuil,

Le sombre désespoir dans cette ame si neuve ;

Poison qui la dévore et dont elle s'abreuve !

Ainsi l'eau qu'un malade avale en soupirant

Précipite sa fièvre en le désaltérant.

Voyez cette mère qui pleure,

Veuve de son fils qu'elle aimait !

Seule à présent dans sa demeure,
Elle n'ose plus compter l'heure
Qui près d'elle le ramenait.

Sa porte ne s'ouvre à personne;
Mais sitôt que le jour a lui,
Si d'aventure un pas résonne,
A la joie elle s'abandonne
Et tout bas demande : « Est-ce lui ? »

Pauvre mère, ainsi consolée
Par une rapide lueur!
Tu tombes pâle, désolée,
Et plus froide qu'un mausolée,
Quand tu reconnais ton erreur!

Hélas! ton fils languit encore;
Dans sa prison il peut mourir...

De la liberté qu'il implore,

La voix n'est pas assez sonore,

Le bras assez fort pour l'ouvrir!

Mais, ô femme! dans ta jeunesse

Qu'as-tu donc fait, qu'on ne sait pas,

Pour que la plus noire tristesse

Qui puisse affliger la vieillesse

Poursuive ainsi tes derniers pas?

Lorsque l'heure de délivrance

Rendra plus cher à ton amour

Ce fruit d'exil et de souffrance,

Qui sait si ce jour d'espérance

Ne sera pas ton dernier jour..?

Oh! jusque-là, dans tes prières,

Conjure Dieu, (lui seul t'entend)

Qu'il prête aux ames prisonnières
Des forces sublimes, entières !
Qu'à ton ame il en donne autant !

Que le soleil du matin brille
A travers leurs épais barreaux,
Et que l'hirondelle gentille
Pose le nid de sa famille
Tous les ans contre les vitraux !

Que le vent qui vient de la plaine
Se briser au sommet des tours
Parle au captif dont l'ame est pleine,
Et lui porte avec son haleine
Un souvenir de ses amours !

Les amours..! pauvre solitaire,
Ils n'ont pour toi ni sucs, ni fiel !

85

Si tu n'as connu leur mystère
Hélas! qu'attends-tu sur la terre?
Ton avenir n'est plus qu'au ciel!

JUIN.

8

CHANSON FRANÇAISE.

O patria !

— Il y a de l'écho en France, quand
on prononce le mot de patrie !

LE GÉNÉRAL FOY.

Chanson Française

IMITÉE DES CHANTS PATRIOTIQUES DES MAGYARS.

———

Est-il un seul de nous, amis,
Qui ne sente son cœur battre au nom du pays?

L'Angleterre est grande et puissante;
L'Océan à ses pavillons
Ouvre une route obéissante !
L'Autriche a de lourds bataillons!

8.

La Russie au midi s'avance,

Un pied de géant dans le nord!

Mais de tous ces pays, le plus grand, le plus fort,

C'est la France!

Est-il un seul de nous, amis,

Qui ne sente son cœur battre au nom du pays?

Qui lui disputerait la gloire

Dont ses aigles se sont couverts?

Elle est fille de la victoire;

Ses camps lui sont toujours ouverts!

Qui sait mieux plaindre la souffrance

Et porter secours au malheur?

Parmi tant de pays, le plus fier, le meilleur,

C'est la France!

Est-il un seul de nous, amis,

Qui ne sente son cœur battre au nom du pays?

Est-ce la Prusse et l'Allemagne

Qui s'uniraient pour la trahir?

Ou l'Italie avec l'Espagne

Oseraient-elles l'envahir?

Elle s'arme, non pour l'offense,

La paix est chère à son bonheur;

Mais s'il est un pays jaloux de son honneur,

C'est la France!

Est-il un seul de nous, amis,

Qui ne sente son cœur battre au nom du pays?

Là, dans la main, les yeux et l'âme,

La franchise fait son séjour.

Là, l'étude, sublime flamme,

S'attache au cœur avec amour.

A la beauté comme à l'enfance,

Où rend-on les soins les plus doux?

Où les maris sont-ils plus aimans, moins jaloux?

C'est en France.

Est-il un seul de nous, amis,

Qui ne sente son cœur battre au nom du pays?

Où courir, pour voir la nature

Plus riante sous son manteau

Paré de fleurs et de verdure?

Où trouver le printemps plus beau?

Si l'automne à l'indifférence

Quelque part arrache un soupir,

Si l'on voit sous la neige éclore le plaisir,

C'est en France!

Est-il un seul de nous, amis,

Qui ne sente son cœur battre au nom du pays?

La France... oh! qui peut la connaître

Et lui refuser son amour ;

Et ne pas désirer renaître,

Pour renaître Français un jour..?

Où meurt-on avec l'espérance

D'une noble immortalité !

Où meurt-on pour la gloire et pour la liberté

Comme en France ?

Est-il un seul de nous, amis,

Qui ne sente son cœur battre au nom du pays ?

1830.

SOUPIR.

———

. . . . O toi que j'ai rêvée,
Femme, à mes longs baisers si souvent enlevée,
Ne viendras-tu jamais ? Viens .. oh ! viens, je t'attends...

DOVALLE.

Soupir.

Qu'il sera beau le bal! — Minuit... — L'heure des fêtes
     Nous convie aux plaisirs ;
Les chevaux sont légers et les calèches prêtes,
Partons..! chars et coursiers vont comme les zéphirs !

Le bal ! voici le bal ! — Que de femmes nouvelles
     Aux regards enchantés !
Sous ces tissus couverts de fleurs et d'étincelles,

Que de cœurs agités !
Voyez ces bras qui s'entrelacent,
Ces jolis pieds tourbillonnant,
Pressés et rapides, qui passent
Autour du parquet résonnant !

. . . .

. . . .

— A ces pas j'ai mêlé mes pas sous les bougies,
Et ma main a pressé plus d'une blanche main ;
Et mes yeux ont erré sur des lèvres rougies...
Déjà tout a cessé, les accords, les magies !
   — Voici l'aube du lendemain.

— Seul encor... toujours seul ! et ma bouche en délire
Redit des mots plus doux que des baisers d'enfant,
   Et sans repos mon cœur soupire,
Avant d'aimer, jaloux d'un rival triomphant !

Un souvenir me la retrace !

Elle est là qui folâtre et rit à mon côté ;

Elle ne m'a pas vu me pencher vers la glace

Où son corps soudain reflété

Se livre à l'œil en liberté...

C'est ainsi qu'avec volupté

J'ai caressé sa frêle image..!

Rêve insensé ! bonheur volage !

Jeu moqueur ! fol espoir de la réalité !

Quoi ! jamais sous un nom ou d'épouse ou d'amie

Tu ne m'appartiendras ? quoi ! jamais sur mon cœur

Tu ne reposeras, jeune fille, endormie

De ton sommeil de vierge, emblème de candeur..?

Pourtant, est-il quelqu'un qui t'aime davantage ?

Qui déguise plus mal sa rougeur devant toi ;

Qui mette moins d'apprêt en parlant son langage

Pour mieux te ressembler et te plaire, dis-moi?

Est-il d'autres discours qui te fassent comprendre
Mieux qu'un de mes regards, ce que mon ame sent
De troubles inconnus à te voir, à t'entendre,
Ange, toi qui serais au ciel même, innocent?

Que de mots dans tes yeux! sur ta bouche vermeille,
Sur ton cou de satin, que de roses! de lys!
Que de graces suivant ta robe aux légers plis!
Ton pas ressemble au vol d'un oiseau, d'une abeille,
    Et ta voix est pareille
Au chant oriental des jeunes bengalis!

Des présens qu'ici bas la nature nous donne
Tu reçus en naissant ta précieuse part;
    Jamais elle ne t'abandonne :
Ton ame est sans mystère et ta beauté sans fard!

Heureux, à te servir si dévouant ma vie,
Oublieux d'autres soins et du monde abhorré,
Je trouvais, insensible à ce que l'homme envie,
Un désert avec toi, de la foule ignoré !

Là, des mille caprices

Des femmes de nos jours

Fuyant les injustices,

Les coupables détours;

Mon cœur, dans son ivresse,

Bénirait le Seigneur

Qui mit dans la tendresse

Un secret du bonheur !

Là, plaignant l'inconstance

Qui, sitôt qu'il commence

Brise un lien doré,

Et tous les soirs convole

A quelque amour frivole ;

Chaque jour attiré

Par une ardeur nouvelle,

A tes genoux, ma belle,

Je vieillirais fidèle,

Adorant, adoré.

LEVER DE SOLEIL.

HARMONIE.

———

A ma Sœur.

Les vapeurs du matin courent dans la vallée,
Le ciel teint l'horizon de naissantes couleurs ;
Et l'oiseau, secouant ses ailes sous les fleurs,
  Prépare sa volée.

Les échos endormis n'ont pas repris leur voix ;
A peine entre les joncs l'eau du ruisseau murmure,
Le calme de la nuit berce encor la nature
  Muette au fond des bois.

C'est l'heure où la rosée inondant les prairies,

A la plante qui tend son calice entr'ouvert

Apporte un plus doux baume ; où, sous l'arbuste vert

Les mousses sont fleuries.

Viens, ma sœur, tandis qu'en passant

Les troupeaux au pied bondissant

En aucun lieu n'ont mis leur trace ;

Laissons un sillon les premiers

Parmi les herbes des sentiers,

Tout argentés à la surface !

Enfans ! — n'aimons-nous pas comme eux

Dans nos désirs capricieux

Les fruits que notre main déflore ?

Souvent ainsi l'orgueil humain

Prodigue en un jour de dédain

Le luxe dont il se décore.

Mais ces désirs qui pour un jour
    Tourmentent la pensée,
Se taisent quand notre ame au ciel s'est élancée,
    Pleine d'un pur amour!

Si nous gravissons les montagnes
Où luttent de pâles lueurs
Avec les ombres des campagnes
Et les matinales vapeurs;
Au lac si nous venons ensemble
Quand le soleil plus ardent semble
Un amant, fier de s'y mirer;
Comme au plus pompeux des spectacles,
Au plus sublime des miracles,
Oh! que ce soit pour admirer!

Vois : un rayon nouveau caresse
L'épi par l'orage incliné,

Que le moissonneur en détresse
Hier avait abandonné;
C'est ainsi qu'après la souffrance
L'homme retrouve une espérance
Qui parle à son cœur attristé,
Et l'incrédule une lumière,
Quand son ame était prisonnière
Dans le doute et l'obscurité.

Vois, comme la nature heureuse
Au retour de son bien-aimé,
Dans son réveil, voluptueuse,
Découvre un sein plus animé!
Pour lui, toujours aussi fidèle
Qu'au moment où, vaste étincelle,
Il jaillit du foyer divin,
L'avenir le verra paraître,
Jusqu'à ce que la main du maître

A mesure qu'en sa carrière

L'astre avance plus radieux,

Le vent soulève une poussière

Qui va se répandre en tous lieux ;

C'est un grain léger, c'est un germe

Certain du trésor qu'il renferme ,

Qui se détache et vole ailleurs ;

Ainsi dans les jours de misère ,

On voit l'enfant de la chaumière

Chercher au loin des jours meilleurs.

Dans les pays les plus sauvages

Où le pas mortel peut errer ;

Au haut des monts, sur les rivages,

Dans l'air où l'œil sait pénétrer ;

Partout la nature féconde

Fit des merveilles de ce monde

Un pur emblème pour nos yeux,

Et nous pouvons puiser sans cesse

Des leçons d'amour, de sagesse

Dans ses tableaux mystérieux.

1833.

A MON AMI L. B.

A PROPOS DES

FEUILLES D'AUTOMNE

DE VICTOR HUGO.

Demande aussi pourquoi, ma jeune bien-aimée,
Quand sur mon ame, hélas ! endurcie et fermée,
Ton souffle passe, après tant de maux expiés ;
Pourquoi remonte et court ma sève évanouie,
Pourquoi mon ame en fleur et toute épanouie
Jette soudain des vers que j'effeuille à tes pieds ?...
. . . .
C'est que tout a sa loi ! . . . .

Victor Hugo. Feuilles d'automne.

Les Feuilles d'Automne [1].

Lorsque par un orage
Emporté dans les airs,
L'écho roule au rivage
Le bruit profond des mers;
Que le flot bat la grève,
Que l'éclair est brûlant

---

[1] On sait que les *Feuilles d'automne* parurent au milieu des préoccupations politiques de 1830, et qu'en s'offrant à l'admiration des amis de la belle poésie, elles attestèrent surtout la rare et courageuse persévérance de la Muse qui les avait inspirées.

Et que le marin lève
Au ciel un bras tremblant,

Tu vois dans la tempête,
Sur l'abîme écumant
L'hirondelle inquiète
Voler plus tristement :
Ainsi pourquoi va-t-elle,
Dis-tu, sans s'épuiser;
Sans craindre que son aile
Ne vienne à se briser ?

Ami, demande encore
A l'air, au flot, au vent,
Pourquoi l'air est sonore,
Le flot toujours mouvant?
Demande à la nature
Le sens mystérieux

De toute créature,
Et le secret des cieux !

L'oiseau vole, l'eau coule,
L'écho parle au lointain ;
Le poète en la foule
Suit comme eux son instinct.
Sa lyre au bruit des armes
Mêle des chants vainqueurs,
Il pleure avec nos larmes,
Il sent avec nos cœurs !

En vain la nue éclate et l'océan murmure,
Beau génie exilé d'une sphère plus pure,
Pourquoi tremblerait-il ?
Lui, qu'un rayon d'en haut conduit et fortifie,
Lui qui voit en priant le seuil d'une autre vie,
S'ouvrir après l'exil !

Si, dans ces temps cruels de honte et de misè

Il nous prend en pitié, malheureux de la terr

   Condamnés à souffrir!

N'est-il pas comme un ange ami qui nous con

Et relève nos cœurs avec une parole,

   Quand nous allons mourir?

Pauvres agonisans! nous glissons dans la tombe

Notre fièvre nous tue et notre bras retombe

   Immobile, épuisé.

Nous ne survivrons pas à notre saint baptême,

Car de la liberté déjà le diadême

   Échappe à notre front usé!

La grace est pour celui qui naît sage et poète;

Noble inspiré, sa vie est une douce fête,

   Son nom seul un honneur!

Le monde est pour son ame une source infinie

Il s'y penche, y recueille une feuille jaunie,

    Et des rêves et du bonheur...

Pourquoi finirait-il sa course longue et belle ?

Chaque combat imprime une audace nouvelle

    Au front des vrais guerriers;

Chaque matin aussi reverdit sa couronne,

Car il n'est pas de ceux que la force abandonne,

    Qui pâlissent sous les lauriers !

1832,

AUBADE

IMITÉE DU CHANT ITALIEN : *ALBA.*

Aubade.

———

« Tu ne sais pas, ma belle,
Combien un amoureux
　　　Fidèle
Hélas! est malheureux,

Quand il aime une femme
Au sourire moqueur,
　　　Sans ame
Et sans amour au cœur!

11

Pourtant, du jour folâtre

Les rayons sur tes seins

D'albâtre

Voltigent par essaims...

Le feu de ta prunelle

A leur reflet brillant

Se mêle,

Bien plus étincelant!

Ta longue chevelure

Tombe sur ton bras blanc,

Plus pure

Que l'onde d'un torrent;

Et souvent sur ta couche

Vierge encor de plaisir,

Ta bouche

Exhale un doux soupir!

— Entends ma chansonnette
Dont le refrain d'amour
  Répète
Avant le point du jour :

Tu ne sais pas, ma belle,
Combien un amoureux
  Fidèle
Hélas ! est malheureux. »

SÉRÉNADE

IMITÉE DU CHANT ITALIEN : *SERE*.

———

11.

Sérénade.

— « Qu'un bon ange sommeille
Auprès de toi la nuit ;
   Qu'il veille,
Qu'il veille au moindre bruit !

O craintive maîtresse !
Car, la nuit, c'est la peur
   Qui presse
Les battemens du cœur...

Tu le sais, toi qui n'oses
Livrer au moucheron
Les roses
Et les lys de ton front ;

Toi qu'une ombre inquiète
Quand tu te vois le soir,
Coquette,
Au fond de ton miroir !

Quand ta main incertaine
Autour de ton rideau
Promène
Les clartés du flambeau ;

Toi qui crains qu'on t'enlève
Dans l'extase charmant

D'un rêve,

Un baiser seulement !

— Mais n'es-tu pas toi-même,

Cet ange que la nuit

On aime

Presser au moindre bruit,

Ou qui si beau repose

Sur le mol oreiller,

Qu'on n'ose,

Qu'on n'ose l'éveiller ? » —

SOUVENIRS

DE LA VILLE DE LAON.

Objets inanimés, avez-vous donc une ame
Qui s'attache à notre ame et la force d'aimer...?

De Lamartine, Harmonies.

Souvenirs.

Salut, ô mon pays! salut, ô ma montagne!
Ton pic s'élève encore aux plaines de Champagne;
Tel que je l'ai quitté jadis je le revois,
Son aspect à mes yeux parle comme autrefois!
C'est lui, c'est lui toujours, sentinelle de garde
Veillant sur les confins de la France picarde!
Vieux jalon, placé là comme un terme romain
Pour marquer aux passans égarés leur chemin.
Salut, vieux roc! et toi, terre à jamais chérie!
En retrouvant ces lieux, ce ciel, cette patrie,

Il semble qu'un abîme entr'ouvert dans mon cœur
Va se combler soudain d'ineffable bonheur!

Voici bien l'avenue où les peupliers tremblent,
Et dans le bleu lointain ces quatre tours qui semblent
Quatre vieillards assis, en commun devisant
Combien de jours pareils il leur reste à présent!
Je parcours cette longue et rapide montée
Où tout enfant, peureuse et sur mes bras portée,
Ma jeune sœur et moi descendions le matin
Pour dérober gaiement la fraise en bois voisin.
Souvent, pendant l'hiver, sur cette pierre grise
Une femme souffrante et pauvre était assise,
Je ne la revois plus... sans doute le bon Dieu
En ayant eu pitié, l'a mise en meilleur lieu..?
Voici le toit modeste où s'écoula si douce
Ma jeunesse, quinze ans, sans bruit et sans secousse ;
Comme près d'une source où naissent sur le bord

Quelques fleurs qu'un seul jour effeuille sans effort,

Légers plaisirs brillaient et s'éteignaient sans peine

Dans ce domaine obscur où ma mère était reine !

Bonne mère..! aujourd'hui que de mon souvenir

Ta vieillesse ne peut vivre et s'entretenir,

Reçois du haut des cieux où ta place est sans doute,

Comme un encens plus pur, les pleurs que dans ma route

En visitant ces lieux je répands sur tes pas !

Quoi ! sur ce seuil désert tu ne m'entends donc pas ?

C'est lui ! c'est lui pourtant, le fils de ta tendresse !

Le voici qui t'apporte une douce caresse ;

Il revient ! il revient ! — Hélas ! ce n'est plus toi...

Et je contemple avec un douloureux effroi

Ton image aux lambris, me souriant encore,

Ta couche refroidie et ta chambre sonore ;

J'y retrouve l'oiseau, le livre, le fauteuil,

Tout ce qui t'appartint ; mais tout a pris le deuil...

De chaque objet touché l'echo qui fuit, éveille

Comme un son de ta voix mourant à mon oreille,
Et le front incliné, le cœur plein, je m'assieds
Pour pleurer, sur le banc où tu posais tes pieds.!

Le sol de la patrie est un miroir fidèle
Où des temps écoulés l'image nous rappelle;
En vain l'absence oublie, en vain la mort nous prend
Chaque jour un ami qu'on croyait à son rang;
De tombeaux bien-aimés plus la terre est couverte,
Plus l'herbe croît autour fraîche, flottante et verte..!
Notre front s'est ridé, notre tête blanchit,
Mais de chers souvenirs notre ame s'enrichit,
Au fond de la pensée une sainte parole
Survit, et son pieux murmure nous console.

Là, dans la ville même ou sous ses vieux remparts,
Je rencontre mes jeux semés de toutes parts.
Là je m'étonne en vain de ne plus reconnaître

Parmi les gais enfans suspendus à ce hêtre,

Fritz, enfant plein d'audace et d'intrépidité,

Qui chaque jour trouvait un nid durant l'été.

C'est ici que plus tard, en sortant du collège,

La face ouverte au vent et les pieds dans la neige,

J'attendais sans manteau, tout transi par le froid,

Que Pauline en passant me fît signe du doigt;

Alors je la suivais, ou je marchais près d'elle

Timide, n'osant rien; Pauline était si belle!

Un sourire, un baiser innocent sur sa main

Et ce mot, ce seul mot de sa bouche : à demain!

Ont pendant deux hivers récompensé ma flamme.

Ici, long-temps encor, j'aimai cette autre femme

Dont les ardens regards et les derniers accens

Ont laissé dans mon cœur des bruits retentissans!..

Ces remparts, ces gazons, ces vertes promenades,

Ces enceintes de murs autour des esplanades:

Chaque arbre, chaque lieu portent en eux écrit

Quelque mot dont le sens m'exalte ou m'attendrit.

Là, c'est un nom connu dont je formai le chiffre

Et qu'à peine aujourd'hui sous la mousse on déchiffre;

Mais je sais en quel temps et pourquoi j'ai gravé

Ce symbole indiscret, en moi mieux conservé!

Plus loin, je reconnais le berceau de charmille

Que le pinson joyeux peuplait de sa famille,

Et qu'avec le soleil, dans les longs jours d'été

D'un pas silencieux j'ai souvent visité.

. . . .

. . . .

.

Non mon pays, mes champs, mes vignes sablonneuses

Mes vieux murs délabrés, mes compagnes rieuses,

Vous surtout! aujourd'hui mères au teint flétri,

Mais dont le front charmant autrefois m'a souri...

Vous n'avez pas cessé d'être beaux! d'être belles!

Vos graces pour mon cœur seront toujours nouvelles !

Gardez, oh! gardez-moi quelqu'indulgence aussi ;
C'est la vie et le temps : nous vieillissons ainsi..!
Auprès de vous un jour si le malheur m'amène,
Trouverai-je un foyer pour endormir ma peine ?
Gardez-moi cet appui frère de l'amitié,
Cet instinct généreux, qu'on appelle pitié !
Et quand la mort viendra frapper le coup de grace,
Auprès de vos tombeaux, s'il se peut... une place !

LA FILLE DE L'HOTESSE.

IMITATION DES POÉSIES ALLEMANDES.

———

— Ils dirent au batelier : « Veux-tu nous
« conduire au loin, nous sommes les
« jeux et les plaisirs ?.... »

UHLAND.

La Fille de l'Hôtesse.

— «Passeur, nous voici trois pour traverser le Rhin ;
Tourne le gouvernail et mets ta barque en train.» —

. . . .

Et trois beaux jeunes gens sautant sur la prairie,
Arrivèrent gaiement dans une hôtellerie.

> — « Dame hôtesse, avez-vous
> « Encor de cette bière
> « Dont vous étiez si fière !
> « Votre vin est-il doux ?

« Et votre fille Estelle,

« Comment se porte-t-elle,

« Hôtesse, dites-nous ? »

— « Ma bière est blanche et bonne ;

« Mon vin de cet automne

« Est généreux et cliar.

« Ma fille est morte hier ! »

Et dans la chambre obscure, aux yeux d'abord cachée

Lorsqu'ils entrèrent, tout en deuil

La jeune fille était couchée

Dans le cercueil.

Le premier souleva légèrement son voile :

— « Ton front est pur comme une étoile !

« Charmante enfant, si tu vivais

« Je t'aimerais ?

Le second l'abaissa ; puis détournant la tête :

« Hé quoi! ta tombe est déjà prête,

« Jeune fille, qu'en ton printemps

« J'aimai long-temps. »

Le troisième baisa sa bouche froide et pâle :

« Je t'aime encor, fleur virginale ;

« Et, tout le temps que je vivrai,

« Je t'aimerai! »

INSTINCT DES VOYAGES.

CAUSERIE.

———

Pourquoi promenez-vous ces spectres de lumière,
Devant le rideau noir de nos nuits sans sommeil?
Puisqu'il faut qu'ici-bas tout songe ait son réveil,
Et puisque le désir se sent cloué sur terre
Comme un aigle blessé qui meurt dans la poussière,
L'aile ouverte, et les yeux fixés sur le soleil.

ALFRED DE MUSSET. *Namouna.*

Instinct des Voyages.

Quand avril orageux et tout chargé de pluie
Arrose nos sillons que le soleil essuie,
On ne voit plus, craintifs, les animaux courir
Vers leurs abris d'hiver, ni l'insecte mourir ;
D'errantes légions aux vives étincelles,
Dans les plaines de l'air s'en vont à tire-d'ailes
Chercher jusques au seuil des cieux éblouissans
La source qui versait des flots si bienfaisans !
Sous un premier baiser c'est le cœur qui s'éveille,
C'est l'oiseau qui frémit de plaisir, c'est l'abeille

13.

Qui va, court et s'arrête, inhabile à celer

Une joie étourdie et prompte à s'exhaler !

Que tes tableaux sont beaux, nature, après l'orage !

Quand Iris s'arrondit sur les flancs du nuage,

Lorsqu'un regard plus pur plane sur l'horizon,

Que la goutte limpide aux herbes du gazon

Suspend ses feux pareils aux joyaux d'une épouse

Ruisselans sur l'écrin ! lorsque fière et jalouse

D'étaler à nos yeux le merveilleux trésor

De ta robe semée et d'émeraude et d'or,

Tu sembles, vierge encor, dire à celui qui t'aime :

« Pour te plaire aujourd'hui j'ai ceint ce diadème. »

Dans l'élégant palais, aux lambris de cristal,

Un chœur mystérieux dit l'hymne triomphal,

De l'ouragan qui fuit proclame la défaite,

Et le printemps paraît ! c'est le Dieu de la fête.

Alors notre séjour devient un paradis ;

Mais c'est l'image, hélas ! des lieux que tu perdis ;

O couple heureux d'Eden, par ce premier caprice
Qui coûte à tes enfans un égal sacrifice !
Oui, ce tableau changeant des rapides saisons,
Ce ciel pur et plus tard les sombres horizons,
La douleur qui succède aux heures de folie,
L'ame se récréant dans la mélancolie,
Ces révélations d'un désir incomplet
Qui se change en tourment n'étant pas satisfait ;
Ces soupirs, ces langueurs, ces vagues rêveries
Qui s'attachent aux fleurs sur nos chemins flétries,
Sont là pour attester l'éternel châtiment
Qui poursuit ici-bas le plaisir d'un moment !

Voici donc nos beaux jours éteints ; voici l'automne
Avec ses longues nuits et son ciel monotone,
Ses jardins noyés d'eau, pâles, et dépeuplés
De leurs hôtes chantans, voyageurs désolés !
Qu'ont-ils à regretter ? si libres, si volages !

Eux pour qui le printemps sur de plus beaux rivage
Déjà s'épanouit fidèle à leur retour,
Et prépare une place au nouveau nid d'amour!
Mille fois plus heureux que nous, leur privilège
Est de fuir, aussitôt que la première neige
Couvre d'un blanc linceul le toit de nos maisons.
O légers habitans! symboles des saisons!
Partez... mais si j'avais le secret ds vos ailes,
Je passerais les mers avec vous! hirondelles,
Qui depuis plusieurs jours tournoyez, le matin,
De vos pays aussi j'entends l'appel lointain!

Il est durant l'année un jour fatal, une heure,
Où dans l'homme inquiet l'ame se cache et pleure;
Alors un mal fâcheux que l'on nomme l'ennui
S'infiltre goutte à goutte et s'établit chez lui;
Comme un hôte importun il le gêne, il l'obsède;
La place du logis la meilleure on la cède

A ce monstre bâtard, enfant morose et laid,

Qu'une mère inconnue a nourri de son lait,

Et qu'en silence elle a jeté sur notre porte,

Comme ce fruit maudit qu'à l'hôpital on porte !

Depuis qu'il est entré, nous poursuivant partout

De sa voix uniforme, il nous lasse de tout.

J'ai ce mal dans mon sein ; c'est une inquiétude,

Une fièvre qui naît de la pâle habitude ;

Un désir qui soulève en moi mille désirs,

Dédaigne du présent les faciles plaisirs

Pour peupler mon esprit de séduisans fantômes,

Et lui montrant au loin d'autres lieux, d'autres hommes,

Sur des bords inconnus conduit ma volonté

Avide de lumière, ivre de liberté !

Mais que sert de vouloir quand on ne peut atteindre

Le but de ses soupirs ; quand on n'a pour se plaindre

Qu'une voix, faible écho qui répand nos douleurs

Sur un rocher stérile où sèchent toutes pleurs?

Ah! puisqu'il faut payer comme de vils esclaves

Sa misérable vie en tribut aux entraves;

Puisque l'homme enchaîné par un impur lien

Au sol qui le nourrit, ailleurs ne trouve rien

Que le regret, la faim, l'exil et la misère!

Du moins sans détourner ses songes de la terre,

S'il peut rêver encore... il est d'heureux climats

Qu'à son instinct sublime on n'arrachera pas!

Apparaissez pour moi, terres du Nouveau-Monde!

Merveilleux continens que l'Océan inonde,

Vers vous avec ardeur mes vœux sont élancés!

Iles, torrens, forêts, fleuves, apparaissez!

Monts dont nul pas humain n'ose affronter les faîtes;

Caps où le flot mugit au souffle des tempêtes,

Prêtez à ma pensée asile seulement

Pour respirer votre air et vos fleurs un moment!

Et soudain la pensée accourt en passagère
Sur le premier navire à la voile légère,
Choisit en haut sa place et crie au nautonnier :
« Ami, prends le chemin qui mène au bananier. »
Le vaisseau part, fend l'onde et lestement arrive,
Mais elle a devancé le vaisseau sur la rive ;
La voici qui revêt le costume indien,
Sur le lac en passant trouve qu'il lui sied bien ;
De couleurs teint son front comme en signe de fête
Et de plumes d'oiseaux pare en chantant sa tête !
Oh ! combien elle est vive et libre, et qu'il fait bon
Prendre essor avec elle et franchir d'un seul bond
La blanche cataracte où l'eau gronde et bouillonne,
Et le ravin profond où rugit la lionne !
Aspirer des palmiers les parfums caressans,
Ceux des magnolias en fleur, si ravissans !
Dans le fleuve au long cours voir plonger sous les îles,
Parmi les roseaux verts , les jaunes crocodiles,

Tandis que l'indigène au front noir et laineux
Épuise tous les traits de son carquois sur eux,
Brave les flots rougis autour de sa pirogue,
Frappe un coup vigoureux de ses rames, et vogue
Presque aussi dédaigneux de l'ennemi blessé
Qu'un autour d'un chevreau qu'il aurait terrassé !
Oh ! joie indépendante et chère, et sans rivale !
D'entendre hennir au loin la sauvage cavale
Dont les fougueux amours ébranlent les forêts ;
De suivre les jaguars à travers les marais,
Des bisons ruminans les lourdes caravanes
Au coucher du soleil traversant les savanes,
Et sur des ponts de fleurs par le hasard construits,
De passer les torrens et d'écouter leurs bruits !

Voilà, voilà l'instinct dont bourdonnent mes rêves...
Grandiose Amérique ! à tes eaux, à tes grêves,
A tes cieux étoilés mes regards éblouis

Ont comparé les cieux de nos ingrats pays,

É je les ai maudits ! et j'ai dit aux Espagnes :

Laissez-moi, laissez-moi courir par vos campagnes!

Laissez mon front brunir sous votre ardent soleil

Comme le fruit d'Europe y mûrit plus vermeil !

Je veux chasser vos daims, aimer vos amazônes,

Être libre comme eux et trouver sous vos zônes,

Parmi les doux tributs d'un éternel printemps,

L'emblême harmonieux du séjour que j'attends !

OCTOBRE.

BALLADE.

Monsieur de Marlborough est mort, etc.
Vieille chanson.

Ballade.

— « Je me ferai bayadère
Ou sultane pour te plaire,
Joli seigneur d'Orient!
Toi qui viens de la contrée
D'où l'aurore diaprée
Nous regarde en souriant.

Étaient-ils beaux tes rivages;
Étaient-ils noirs les sauvages

14.

Qui t'ont pris à ton berceau ?
Raconte-moi les merveilles
Des régions sans pareilles,
Où le soleil est si chaud ?

Dis-moi si les jeunes filles
Le soir dansent en quadrilles
Sur le sable des déserts ;
Si dans ces climats les hommes
Comme au pays où nous sommes,
Font de doux mots des concerts?

Dis-moi si la bonne mère
Aime à voir sur la bruyère
Sauter ses jeunes enfans,
Comme on voit dans nos prairies
Quand les herbes sont fleuries,
Bondir des troupeaux de faons!

Mais il fait froid... ton corps tremble,
Et déjà ta gaîté semble
Moins vive que ce matin;
Veux-tu contre l'influence
De cet air si frais de France
Mon mantelet de satin?

Oh! pourquoi la destinée
T'aurait-elle abandonnée,
Fleur vivante du palmier?
Vers moi que le ciel t'envoie!
Sois heureux, bondis de joie!
Il est des fruits au pommier.

Si le bocage est trop sombre,
Tu pourras venir à l'ombre
Dans la serre du jardin;
J'y choisirai pour ta table

Un fruit au goût délectable,
J'y ferai ton lit de thym.

Viens : aucun serpent n'y cache
Sous les fleurs un corps que tache
Du feu l'ardent coloris ;
Rien n'y troublera ta couche,
Ni la hyène à l'œil farouche,
Ni le trot d'une souris... »

— Ainsi dit la jeune fille.
Le matin sous sa mantille
A la serre elle vola :
Mais s'en revint désolée,
Pleurant sous la noire allée
Son singe de Dongola !

1830.

ASPIRATIONS.

— Il se faisait une solitude au milieu du monde ; on le croyait distrait, tandis qu'il était occupé à gravir les hauteurs de la pensée.

BALLANCHE. *Vision d'Hébal.*

Aspirations.

———

Les cœurs découragés ont d'étranges faiblesses !
Les plus légers chagrins, les plus sombres tristesses
      Peuvent les désoler...
Aux cœurs comme aux vallons se forment les tempêtes,
Et l'orage en grondant foudroie aussi nos têtes
      Promptes à s'ébranler !

Désirs, ambition ! soif ardente, importune !
Amour de la grandeur, amour de la fortune

Rêvés dans nos ennuis !

Nectars empoisonnés versés pour nous sans cesse !

Quel jeune homme aujourd'hui n'a mêlé votre ivresse

A ses plus douces nuits ?

Vous troublez la candeur de l'ame adolescente ;

De cet âge déjà la magie est absente

Et son ciel est moins pur,

Depuis que sur les bords de la coupe embaumée

Votre écume, en montant, de ses flots de fumée

En a terni l'azur !

Enfans, nous envions trop tôt le sort des hommes !

Las de l'obscurité des bas lieux où nous sommes

En ce monde mortel ;

Éblouis par l'éclat des puissans de la terre

Vers qui monte un encens doré mais peu sincère,

Nous rêvons un autel !

Nous voulons les premiers parvenir aux richesses,
Pour leurs noms mieux titrés épouser des duchesses,
  Être fiers, être grands !
Entrer dans les honneurs du siècle tout d'emblée,
Et voir quand nous passons la foule rassemblée
  En deux rompre ses rangs !

Nous voulons, abusés d'une folle espérance,
Nous enivrer de bruit, forcer l'indifférence
  Du peuple adulateur ;
Être l'idole, entendre exalter nos mérites,
Et voir le lendemain nos bannières proscrites
  Tomber de leur hauteur !

Allez... notre savoir trop imparfait ignore
Combien sont tourmentés ceux dont la foule honore
  Le triomphe orgueilleux

Et ces désirs ne sont que l'instinct de nos ailes
Qui tentent un essor de leurs plumes nouvelles,
    Sans savoir en quels lieux !

Aucun de ces faux biens qu'on demande à la terre,
Où la déception profane le mystère,
    Ne vaut un souvenir...
Jeunes gens, élevons nos regards vers ces voûtes
Dont notre intelligence a déserté les routes;
    C'est là qu'est l'avenir !

C'est là que tend notre ame en ses inquiétudes;
Cette soif, cet amour et ces sollicitudes
    Des grandeurs d'ici-bas,
Ne sont qu'un faux mirage où l'esprit se fourvoie;
La pensée est un monde et promet une voie
    Plus parfaite à nos pas !

Il est vrai, trop souvent elle est triste et froissée
Notre ame qui vivait d'une grande pensée
     Ou d'un sublime amour...
Quand la vile matière, à la puissance occulte,
Dérobant au génie et sa gloire et son culte
     Vient se mettre à son jour!

Quand elle entend les cris jetés par l'infortune
A ces cœurs endurcis que la plainte importune,
     Elle, sensible au mal...
Les pleurs de l'indigent nu dans sa crèche obscure,
Qui demande en mourant le pain que la nature
     Pour tous voulut égal!

Ou lorsque le regard de quelque millionnaire
Comme un aiglon superbe élancé de son aire,
     S'abaisse avec mépris

Sur l'honnête homme à pied que sa probité guide ;
Tandis qu'en char souvent lui n'est fier et rapide
    Que par l'or qu'il a pris !

De profonde pitié notre ame se replie
Sous les efforts du joug flétrissant qui la lie
    A l'indigne prison !
Mais quand elle a long-temps gémi de sa souffrance,
Des jours religieux de la persévérance
    Elle attend guérison.

Dans son intelligence en secret recueillie,
Une lumière éclate, étincelle de vie,
    Que rallume la foi !
Et l'enfant qui naguère était faible et timide,
Dit à son tour à l'homme élevé, mais stupide :
    « Je suis plus grand que toi !

Je suis plus grand que toi, car je trouve en moi-même
Des trésors qui te sont inconnus et que j'aime
                Comme le meilleur bien :
Mon cœur est encor plein, ton cœur fut toujours vide!
Mes champs sont parfumés; comme un désert aride,
                Ton champ ne produit rien! »

O poésie ! amour des cieux, de la nature !
Source qui coule en nous plus abondante et pure
                A l'âge de vingt ans ;
Combien d'hommes flétris ont renié ta grace !
Oh ! puisses-tu graver dans leurs ames de glace
                Ton verbe en traits ardens !

Mais lorsqu'ils auront vu les fleurs de ta couronne
Et soutenu l'éclat que ton amour nous donne,
                Noble reine aux yeux doux !

                                        15.

Que leur dépit devienne un jeu pour ta vengeance!

Que leurs fronts avilis maudissent ta puissance

Et qu'ils en soient jaloux!

PREMIERS JOURS D'HIVER.

> Le bocage était sans mystère....
>
> MILLEVOYE.
>
> Le vent, la pluie et l'orage
> Contre l'enfant faisaient rage.
>
> ANACRÉON. *L'Amour mouillé.*
> *Trad. par Lafontaine.*

Premiers jours d'hiver.

I.

L'automne a vidé sa corbeille
Dans la cuve des vendangeurs ;
Sur les pâles tiges des fleurs
On ne voit plus courir l'abeille.

Le front du chêne est dépouillé,
Le ciel est gris, la terre est nue ;

La froide saison revenue
Pose en nos champs son pied mouillé.

Comme la montagne est glissante !
La neige poudroie au sommet !
Ce n'est plus l'onde qui promet
Sa pureté rafraîchissante...

De l'hiver voici les frimas
Et les glaciales ondées;
Et les rivières débordées
Qui désoleront nos climats !

Bravant la brume et la froidure,
Je foule une dernière fois
L'humide lisière des bois
Qui n'ont plus ni chants ni verdure;

Je viens errer parmi les lieux
Que j'ai parcourus avec *elle*...
De leur solitude nouvelle
Troubler l'écho silencieux!

Là m'apparaît la verte image
Des beaux jours du dernier printemps,
Et le souvenir de ce temps
Où je me plaisais au village!

J'aimais... pourrai-je aimer encor
Quand au triste hiver je ressemble?
Quand je suis si nu qu'il me semble
Qu'on m'a dérobé mon trésor!

Je chante, hélas! et pour mon ame
Comme pour ce pin desséché,

Un soleil aussi s'est caché
Sans laisser ni chaleur, ni flamme...

Adieu donc, joyeuse chanson !
Adieu, l'amoureuse pensée
Qui tremble, frêle et balancée,
Comme l'églantine au buisson...

Lorsqu'à travers la giboulée
Par le vent chassée, à nos yeux
Elle étale son sein frileux
Et tout meurtri par la gelée !

NOVEMBRE.

II.

Voici le vent du nord
Qui tourbillonne au bord
  Des dunes,
Et sur le bois pendant
Sème le deuil, pendant
  Six lunes !

La cloche à l'unisson,
Rend dans les airs un son
  Gothique,
Et l'étoile du soir
Jette un rayon au noir
  Portique.

La vieille, en grommelant,

Ouvre au chat miaulant

Sa porte ;

Le bourgeois citadin

A ses amis, son vin

Apporte.

A la taverne aussi

Le buveur sans souci

S'enivre

Et trouve son chemin

Couvert le lendemain

De givre.

Le riche pour le jeu

S'attable auprès du feu ;

Il grille...

Le pauvre avec effroi
Dit : mon Dieu, que j'ai froid,
    Ma fille !

Son jeune enfant se meurt
Sur les bras de sa sœur
    Qui tremble...
Dans vos ardens palais
O riches ! mettez-les
    Ensemble !

Ou du moins, par pitié,
Donnez-leur la moitié
    D'un hêtre,
Vous en possédez tant
Que détruira l'autan,
    Peut-être !..

Vos chiens ont des morceaux

De bon pain et des os

    Qu'ils rongent ;

Vos tables, des débris

Où le soir, les souris

    Se plongent !

Eux n'ont ni feu, ni grain !

Leur ame de chagrin

    Est pleine...

Car, toujours les gloutons

Dérobent aux moutons

    Leur laine ;

Sont vêtus et contens,

Et vivent par ce temps

    Funeste,

185

Sans songer qu'après eux

Rien pour les malheureux

Ne reste !

DÉCEMBRE.

HÉLÈNE.

Hélène.

Près d'un bassin où s'arrondit le marbre,
Où, vers le soir, l'eau dort plus mollement,
La jeune Hélène aux branches d'un vieux arbre
A suspendu son dernier vêtement.

Son pied craintif en descendant sur l'onde,
Brise en éclats le liquide miroir

Qui reflétait sa chevelure blonde

Et des trésors que nul ne saurait voir...

Au fond du bain la naïade innocente

Frissonne encor de pudeur et de froid;

L'onde est si claire et l'heure si pressante!

Comment ne pas y songer sans effroi..?

Voici l'instant où le chasseur arrive,

Où l'épagneul, traversant les fourrés

Tout haletant, du grand chemin dérive

Portant au vent ses naseaux altérés!

Où quelquefois on accourt du village

Pour puiser l'eau, pour y blanchir le lin;

Et le jour tombe... et quinze ans est son âge,

Et l'on entend à peine le moulin...

Dans la forêt quelques coups de coignée ,

Sur les pavés un charriot roulant,

Ou la chanson indécise, éloignée,

D'un vieux bouvier au front chauve, au pied lent !

Qui n'aimerait ainsi la blonde Hélène,

L'œil inquiet, s'effarouchant du bruit;

Pour écouter retenant son haleine

Et n'osant plus s'habiller dans la nuit?

Là, sur les bords de ce bassin antique,

Son corps d'enfant mollement replié

Semble celui d'une nymphe pudique

Depuis mille ans par le faune oublié !

Il faut aussi la voir avec sa robe,

Son chaperon sur son front incliné ;

Et son fichu, qui trahit ou dérobe
Les frais contours d'un sein tout nouveau né...

A quelqu'autel que ma vierge appartienne,
Son doux sourire est doux comme le miel
Des moissonneurs ; sa voix éolienne
Semble un écho de la voûte du ciel !

Je t'aime ainsi, fille de la contrée !
Simple et faisant tes délices du bain,
Baissant les yeux lorsqu'on t'a rencontrée,
Et rougissant si l'on te prend la main...

Oui, sous tes traits une femme est divine..!
Mais ta compagne, au regard dédaigneux,
Qui vient danser à la fête voisine
Pour étaler ses joyaux orgueilleux ;

Prend les grands airs des dames de la ville,
Se charge d'or et porte un parasol !
Sur le chemin de Saint-Jacque à Séville
Oh !.. J'aime autant un mulet espagnol !

L'AMOUR EN GARNISON.

Je suis sergent
Tendre et galant,
Et je mène tambour battant
Et l'amour et le régiment.

SCRIBE.

L'Amour en Garnison.

———

Garde à vous : à vos rangs !
Tambours, battez aux champs !

C'est la parade qui défile ;
En avant les hardis sapeurs !
Les grenadiers, les voltigeurs,
L'arme au bras, rangés à la file
Sous les drapeaux aux trois couleurs !

Garde à vous : à vos rangs !
Tambours, battez aux champs !

17.

Voyez ! voyez, sur leur passage
Les petits garçons accourir !
Au loin les fenêtres s'ouvrir,
Et soudain d'étage en étage
Jolis minois s'épanouir !

Garde à vous : à vos rangs !
Tambours, battez aux champs !

Lélie est là, rieuse et blanche
Et coquette sous son peignoir ;
Sa bouche est rose, son œil noir ;
Elle se balance et se penche
A son balcon pour mieux les voir !

Garde à vous : à vos rangs !
Tambours, battez aux champs !

Car jamais parade plus belle !

Jamais soldats de régiment
N'ont défilé plus joliment !
Le fer brille et l'or étincelle
Mieux que soleils du firmament !

    Garde à vous : à vos rangs !
    Tambours, battez aux champs !

Mais pourquoi ce luxe et ces fêtes ;
Quel peuple avons-nous donc soumis ?
Où sont les captifs ennemis ?
Qui déchaîne ainsi par tempêtes
Les feux sous le bronze endormis ?

    Garde à vous : à vos rangs !
    Tambours, battez aux champs !

Les bannières flottent aux nues
Comme au triomphe d'un vainqueur,

Et la noble fanfare, en chœur,
Répand sur nos fibres émues
Des bruits dont tressaille le cœur!

Garde à vous : à vos rangs!
Tambours, battez aux champs!

Faut-il du sang et des batailles;
Quel signal doit nous avertir?
Nous sommes tout prêts à partir!
— Femmes, pleurez nos funérailles!
Mère, pleure ton fils martyr!

Garde à vous : à vos rangs!
Tambours, battez aux champs!

Hé quoi! la crainte vous agite!
Il vous en souvient... à sa voix
L'aigle faisait pâlir les rois;

Les pères, les fils mouraient vite !
Mais rassurez-vous : cette fois,

   Garde à vous : à vos rangs !
   Tambours, battez aux champs !

Il est loin l'appareil des guerres
Qui brisait le cœur maternel ;
Ceci n'est qu'un jeu solennel :
— Lélie aime les militaires,
Et son amant est colonel !

   Garde à vous, à vos rangs !
   Tambours, battez aux champs !

STANCES

A MADAME A..... T....

Stances.

Ce n'est pas un vain mot que ma muse profère
Quand timide, éplorée, elle dit à ses sœurs :
— « Il faut au frêle arbuste un appui tutélaire ;
« Protégez-le, ses fruits auront plus de douceurs ! »

Ma muse est l'arbrisseau dont la tige inquiète
Se ploie au moindre choc des autans furieux ;
Qui redoute le froid, mais relève sa tête
Dès qu'un rayon plus doux a réjoui les cieux.

18

Ma muse est une enfant seule hélas! sur la terre,
A qui dès le berceau son père a dit : va-t-en!
Et qui, suivant pensive un sentier solitaire
Où des oiseaux chantaient, voulut en faire autant.

Qui bientôt se lassa des jours purs et tranquilles,
Voulut braver aussi l'orage des cités ;
De la lyre entendit les accords moins dociles,
Et les a retenus, et les a répétés...

Alors elle connut les muses ses compagnes,
Applaudit à leurs chants de ses petites mains ;
Les suivit dans le ciel, sous l'ombre des montagnes,
Aux lieux où s'agitaient, où souffraient des humains.

On lui dit que pendant les jours de solitude,
Les hommes d'autrefois s'enivraient de doux chants ;

Mais que plus tard, jaloux et pleins d'ingratitude
Pour ces filles du ciel, ils devinrent méchans !

Que perdant des bienfaits la sainte souvenance
Ils s'étaient pervertis, avaient banni leurs dieux ;
Et comme pour fermer leurs cœurs à l'espérance,
Brisé la lyre d'or et détourné les yeux !

Depuis, sous les arceaux silencieux du temple,
Quelque poète encor fidèle à ses débris,
S'assied sur les degrés, se souvient et contemple,
Et détache en tremblant l'instrument des lambris !

Mais hélas ! ce n'est plus le luth vivant d'Orphée
Dérobant à l'Olympe un magique pouvoir !
La muse de Tempé n'est qu'une vieille fée,
Dont on conte aux enfans des merveilles, le soir !

Aujourd'hui, le poète au milieu de la foule
Ressemble au pauvre assis sur le bord du chemin,
Le monde passe auprès et sans le voir s'écoule,
Et nul ne vient à lui pour lui presser la main !

La haine est son partage, ou c'est l'indifférence,
Souffle glacé qui semble un emprunt de l'hiver,
Double nœud qui ceignit d'une même souffrance
Le Tasse, André Chénier, Chatterton et Gilbert !

Pourtant, il est toujours dans la voix du poète
L'accent qui sait charmer le cœur endolori
Et de nos passions apaiser la tempête,
Pur écho dont le sage a quelquefois souri !

Accent vide, inconnu pour tout homme vulgaire
Vivant sous le soleil sans craindre et sans souffrir,

Être privilégié d'une argile grossière ,
Qui n'a jamais songé comment on peut mourir !

Mais qu'importe ? Laissons à son humeur frivole
L'heureuse insouciance et le contentement ;
A lui le rire... à nous la plaintive parole
Qui jette au fond du cœur un retentissement !

Poètes, ne formons qu'une seule famille
Où notre ame s'exhale en sublimes désirs ;
Où quand tous sont heureux la joie éclate et brille ,
Où le cœur rende au cœur ses intimes soupirs !

Que les femmes surtout, dont l'accent est plus tendre,
Chantent le luth en main, tout couronné de fleurs,
Et que ceux qui viendront auprès pour les entendre
S'en retournent souvent consolés ou meilleurs !

Les femmes ont reçu le don de l'harmonie
Comme les rossignols musiciens des bois ;
L'amour et le mystère enfantent leur génie,
Et la nature parle ou gémit par leurs voix !

Chantez donc, et toujours... vous qui savez apprend
L'espérance au malheur, au doute l'avenir !
Au monde il est encor des cœurs pour vous comprend
Pour goûter en secret vos chants et les bénir,

FIN.

TABLE.

―――

FIN DE LA TABLE.

www.ingramcontent.com/pod-product-compliance
Lightning Source LLC
Chambersburg PA
CBHW061455030726
47503CB00005B/1714